COUDRIN– l'enfant noir

TRAVAILLE PÉRIODE DIFFICILE

MISE EN GARDE

les livres de la collectiON
ENFANT NOIR peuve contenir

des scène de violence physiques
moral et séxuelles nous rappellon
au lecteur et lectrice que
cette collection et destiné
a 1 public majeur et responsable
la marque ENFANT NOIR et pas

 tenu responsable de vaux
achat et ne peut en
aucun cas être poursuivie

CHAPITRE 1 RÉQUISITIONNÉE

ALLES les 3 p'tit diables et oui vous s'étre réquisitionnée
désolés mais ont a   besoin de vous et oui l'avantages
d'avoires des pouvoir pour tous soigné avec des pouvoir
magique remake vous avez pas besoin de diplôme dont vous
avez eu de la chance de ne pas avoire été obligé de retourner
à l'école et oui MOI et SÉBASTIEN LE RET on n'a pas
vraiment eu le choix on vieux avantages étaient les plus et les
plus mal à l'aise.PAS on n'a loupé les épreuves faut dire que
les médecin et infirmiers de Maintenant ils y a plus de
médecins formateurs et vieux pour les former à éviter les
erreurs médicales

CHAPITRE 2 COMMENCEMENT

GHROUM PLOUFF Bonjour messieurs dames bon a qui le
tours je vous prévien ils ya 1 coupure général dans tout le
quartier donc pas de connexion et donc pas d'arrêt maladie
CONTRÔLE URSAFE CONCERNANT certain arrét maladie
fournie pas votre sociétés et de ordonnance.STOP ces
signatures sont contrefaites on ne signe aucune ordonnance au
stylos et en plus c'est super mal écrite dont aucune chance
que ca vient   de chez nous   et puis je ne peu vous aidé
pour ce dossiers je ne connais pas cette partient DR
MUDOUME DR SÉBASTIEN connaissez vous ce dossiers
OUI je suis en train de suivre cette patience atteint de mito-
manip bréfs 1 folles qui ne prend pas ces médicalmment et
qui inventes des symptome imaginaires et je croix qu'elle
fabrique aussie des fausse ordonnance.NOUS vous informont
que votre cabinet dentaires va devoir fermé pour contrôle
administratif et la fermeture et immédiate sincèrement
désolés mais sur tous ces dossiers 8 sur 29 partients sont dcd.

CHAPITRE 3 GRAND NETTOYAGES DES LOCAUX

ALLES les 3 p'tit diables du numéro 1 au 3 ont vous laisse fini
de laver les bureaux ont va faires les papiers administrative

dont on ne sait pas quand ont va revenir 1 fois que vous avez fait les bureaux ont vous laisse les congélateurs et les morgues faites attention au patient dcd ils sont fait dons de leurs corps   et non on ne les envoy pas au fac de médecin et au morgues BAH oui les parisien on fait de la merde ils sont laissée pourriri 900 corps de partient DCD et oui les parisien sont vraiment facile à corrompre et nous on na que 400 partient DCD mais on changes   les frigo assez régulièrement

CHAPITRE 4 2 mois plus tard
OUFFF enfin on peut réouvrire les cabinet et les salles des malades et oui après 2 mois   d'enquêtes pas contre on vous prévient les 3 p'tit diables vous resté jusqu à 14 h et oui ils faut faires des heures supplémentaires uniquement les 4 premières semaines et OUI des partient qui vient de paris la c'est les mauvaises nouvelles et en plus ils sont végétariens et oui on sait que vous ne les supporté pas mais la ya pas vraiment le choix.SÉBASTIEN LE RET arrête de te plaindre o moin on reprend nos activités et en plus on et mieux avec des partien.MUDOUME LE RET tu t'occupe des vidanges des 3 p'tit diables ce soir et je
de chance que MADELEINE PALAUD dort à l'auberge PALAUD en ce moment. m'occupais des draps ou on fait l'inverse par contre ils dorme à l'auberge PALAUD et oui BASTIEN et SÉBASTIEN PALAUD sont en formation mais   ils faut faires bossée les grand parents et oui heureusement qu'ils ya MADELEINE JIM PALAUD et MADAME LE RET sinon on serait dans la merde

CHAPITRE 5 repos à l'auberge PALAUD

GHROUM HOP LA les 3 p'tit diables alor comment   sa va
et oui vous s'être enfin en vacance pas contre on vous prévient
vous dormez avec les 4 numéro 9 les 2 DIALETE sont chez
leurs fiancé dont vous ne les   Vous ne verrez pas ce mois-ci
pas contre vous allée à la douches et oui les 4 numéro 9
vous accompagnent. OUI père à tous ta l'heure.À voile les plus
beaux bon les 4 numéro 9 vous avez le droits d'avoires vaux
coussin des rapports sexuelles avec sans préservatif 1
condition c'est vous qui les vidanges demain soir et en plus il y
a 4 glacières à remplir dont il faudra vous débrouiller avec.

CHAPITRE 6 DOULEUR VIOLENT

AAAAAAA AAAAAA

OK RESPIRE LES 3 p'tit diables 1 probléme.REGARDE PERE

OUUUU ok MUDOUME GROUHM WOUAH les 3 en
                                                 plus
SÉBASTIEN LE RET GROUHM MERDE bon MUDOUME tien
les seringues de tranquillisant ils faut les assommée   de
médocs ou impossible d'enlever ces KISS infectieux

15 minutes plus tard

OUF ils sont dans le coltar bon on rentre.au labo

PARDON ÉQUIPE PALAUD

principal ont vous renvois 1 fois les qu'on a terminé
de les désinfecter par contres ils risque d'être
très fatigué a tout a l'heures

       GROUHM

CHAPITRE 7 RELATION OPÉRATOIRE

C'est bon les respirateur sont branchés les p'tit cons des
KISS Mais c'est pas des   KISS c'est des HEMOROIDE tient les
ustensils chirurgico en   tous cas ilsfont pas sans   tirer à si bon
compte ils sont rarement assis pas terre.OUI p'tit diables
numéro 2 lui et tout le temps sur les genoux des adultes mais
les p'tit diables numéro 1 et 3 sont très souvent assis pas
terre.PROBLEMME avec p'tit diable numéro 2 il ne sait que
hurler ou appelle maman quand il a mal qu'elle pas et même
quand il est constipé voilà pour qu'elle motif je lui impose les
couches.D'AILLEUR ça fait 6 jours qu'ils étaient en grisé je n'ai
pas vu les HEMOROIDE quand je lui J'ai fait sa vidange. PAS
faux je n'ai pas vu les HEMOROIDE au p'tit diables numéro 1
et 3 quand j'ai effectué leurs vidanges non MUDOUME ce sont
bien des KISS ils sont durs heureusement qu'ils ont le
pouvoire de régénération rapide en tous cas ci ils font souvent
des KISS a ce niveaux la on risque de les opéré réguliérment
en tous cas LK et les 2 grand ANGE NOIR et ENCRENOIR
vont étre content ils mange normalement aver l'équipe

PALAUD.

 10 MINUTES PLUS TARD

Voila les 3 p'tit diables sont terminé pas contre tu très bien
amusé avec p'tit diables numéro 2 et 3 REMARQUE ta fait
pareils aver p'tit diable numéro 1 PAS FAUT.GHROUM

CHAPITRE 8 RETOUR DANS L'ÉQUIPE PALAUD

GROUHM WOUAH ils sont faites vites pas contre on va les
laver.JE me demande ci pas moment ils ne font pas trop loin ils
les ont neutralisé aver des médicalement   et violé remarque
c'est des beaux p'tit diables d'ailleurs on na pas LK et les 2
grand ENCRENOIR   et ANGE NOIR.CI ils vienne mangé ce
soir tés au courant que p'tit diables sais très bien parlé en fait
il fait uniquement le gro bébé pour qu'ont ne s'éloigne pas de
lui A MERCIE de l'info SEBASTIEN PALAUD tu sais quant
méme qu'ils dorS aver les 4 numéro 9 et les 2 grand
ENCRENOIR et ANGE NOIR A bon BASTIEN PALAUD je
n'étais pas au courant.PAS OUI ci MUDOUME et SEBASTIEN
LE RET les on neutralissé et violés il faudrais mieux avoir les
2 grand ENCRENOIR et ANGE NOIR aver nous comme sa ci
ils entrent en crise. EXCELLENT IDÉE Comme ça on ne se
salit pas les mains.

CHAPITRE 9 LK ENCRENOIR et ANGE NOIR

BONSOIR a non ne nous dite pas qu'ils sont eu des relation
séxuelles aver SÉBASTIEN LE RET et MUDOUME LE RET.SI

mais ils sont u 1 infection tous les 3 on na tu appelé
    MUDOUME et Sébastien LE RET ils étaient à la clinique
et en plus en pause. PAS étonnant ils ne travaille plus les
dimanche et les vendredi leurs dernières fermeture
administratives les a achevé ils sont décidé de passé plus de
temps avec les équipes

LES 6 diablotin

et les équipe

BEAU GOSSES

ANGE NOIR

ENCRENOIR

ANGEVIN

LES 4 JUMEAUX MALÉFIQUE

 LES 2 JUMEAUX BOSSEUR

et l'équipe KART.

ILS laissé l'équipe des 9 P'TIT DIABLES à GABRIELLA et
MARLÈNE ils gardés avec eux en permarnnence les 3 p'tit
diables

CHAPITRE 10 PLAGE DU FOZO

GROUHM ALLE les 3 p'tit diables vous pouvez enfin allée à la plage pas contre vous resté à la plage de 12h00 à 17h30 pas la peine de revenir on et en télé-travaille toute la journée nous l'équipe PALAUD FUSION et L'équipe FLEUR

PAS oui on NE bosse pas les week-end nous dont on est oblIGÉ de poser toutes la semaines et oui l'avantages de travailler tous les week-end en tous cas profites-en FURASION FUROSION FIROSION et FEROSION

vous aussie direction la plage o moin vous ne ferez pas de bétise en ligne et comme vous s'étre punir puis que vous ne travaillez   pas très bien en télé-travailler ALLER À LA PLAGE GROUHM

CHAPITRE 11 TELETRAVAILLE

MERCIE les gars de les avoir envoyés à la plage o moin ils ne sont pas dans nos pattes et ne font aucun bruits dont normalement on devrait pouvoir finir les dossiers principal aujourd'hui et passée au programme rapide en

tous cas c'est le gro bordel   dans les établissement scolaires entre les profs qui sont inutile et pas du tout formé et ceux qui essaye de faires de leurs mieux sans matériel rielles c'est la fournée des emmerde je plaint les équipe LES 2 JUMEAUX BOSSEUX et l'équipe ANGEVIN je me demande pourquoi des auberge C'est simple ils avaient le choix entre la clinique JEANNE LE RET JEANNETTE LE RET ou leurs propre auberge LES 2 JUMEAUX BOSSEUX dont ils sont choisir pareils pour l'équipe ANGEVIN la clinique JEANNE LE RET JEANNETTE LE RET ou leurs propres auberge eu aussie on choisit leurs auberges.

CHAPITRE 12 CLINIQUE JEANNE LE RET

GROUHM

alor les 3 p'tit diables   alor comment c'est passée les vacances et oui on est resté ici mais l'avantage c'est qu'ils ya très peu de monde en ce moment dont aucun problème vous commencé à 7h30 OK OK je vous laisse travailler.ALLOR les 3 p'tit diables en tous cas vous avez pris des couleurs   bon voila tous les dossiers à traiter en priorité pas contre vous   finirais trés tard

(9 heures plus tard)

Voilà les derniers dossiers traités , en tous cas ça fait du bien que vous soyez revenu de vacance.

CHAPITRE 13 CHEZ MARLÈNE ET GABRIELLA

GROUHM Allor comment

ça va les 3 p'tit diables les 9 autres p'tit diables sont aver l'équipe FUSION jusqu à 14h allée venéz ont va vous amenéz dans votre salle de jeux et oui ont na rajouté des PC RECALBOX et des mini-consoles RECALBOX pas oui ici aussie ils ya des joueurs gamers ont et pas que des vieilles folles qui ni connaisse rien au jeux vidéo rétro allée a tous ta l'heures les 3 p'tit diables.OUF ils sont pour l'instant très calme on peu les laisser seuils façon ils ne font pas ce mettre sur la tronche je vais voires ci ceux de la plage d'orange sont calmes.GROUHM A enfin arrivée. JE rappelle que je suis en télé-travaille et que je reprend à 19h PLAM OUF j'arrive au mauvais moment.NON elle et sur les nerfs les 3 p'tit diables sont arrivée et comme elle na pas u 1 mots des 3 p'tit diables sa la monte a la têtes ils sont entrain de joué au jeux vidéo mercie pour ton idée concernant la salles de jeux vidéo.DE RIEN ANUBIS question comment tu fais avec les 3 p'tit diables quant ils sont en crise je parle des 3 a la fois je n'arrive pas à les gérer.ILS font des crises très violente avec.SÉBASTIEN LE RET et MUDOUME LE RET avec nous ils sont essayés 5 fois mais on na toujour u le dessus ils sont comme des enfants ils cherches à ceux qu'ont leurs impose des limites ils vont pas essayés de dépasser les limites.MUDOUME LE RET et SÉBASTIEN LE RET ne leurs impose aucune limite forcément sa glace régulièrement de toutes façons 1 fois le bon mode d'emplois ça va tout seul

CHAPITRE 14 ARRIVEE DES 9 P TIT DIABLES

SUPPLÉMENTAIRE

GHROUM STOP vous repartez à la plage

je vous rappelle que   vous avez pas le droits de vous téléporte de la plage a ici GROUHM OUF ils sont pas arrivées.CI mais ils sont repartie a la plage ils reviendront à pieds la téléportation c'est uniquement pour les urgences.PAS faux mais en ce moment ils sont très paresseux ils font tous aver leurs pouvoirs de téléportation.

(ON) STOP

BRAS DE FER

BRAS DE MÉTAL

et p'TIT MOINE 2

GROUHM

 BONSOIR ANUBIS
on dois vidangés les 9 p'tit diables ils ne font qu'utiliser leurs pouvoir de téléportation et je craind que leurs organes ne soient endommagés.COMMENT ÇA endommage C est simple moin ils utiliser leurs jambes et ils prenez énormément de poids dont ils produise plus de laves noirs et dont on est obligés de les vidangés tous les 3 jours et non toutes les 6 jours en plus ils le savez très bien on leurs a dit je ne sais pas combien de fois que c'est obligatoire d'utiliser leurs jambes.

CHAPITRE 15 EQUIPE PALAUD

OUF il ya encore 5 sac-poubelles pleins à l'étage
        SÉBASTIEN PALAUD Merci BASTIEN PALAUD

 allor que fais tu demain.Pas le grenier et les derniers étages en tous cas j'espère faire toutes les poussières SÉBASTIEN PALAUD c'est toi qui prend les 9 p'tit diables demain à 11 heure je vien d'apprendre qui sont punir et leurs dernières vidanges sont morose ils sont passée à la casserols OUI j'ai appris que l'équipe FUSION a tu remettre de l'ordre dans l'équipe de MARLÈNE et GABRIELLA EN tous cas je te prévien BASTIEN eux on demande au 4 numéros 9 et au 2 DIALETE ya pas le choix en plus ont se tape les 9 p'tit diables et je suis écoutés les 3 p'tit diables se tient à carreaux j'aime quand ils sont insupportables en ce moment ils se tiennent trop bien à carreaux en ce moment

CHAPITRE 16 PLAGE D ORANGE

ALLEE debout les 3 p'tit diables et oui ils et déjà 7 h du matin allée debout pas la peine d'aller à la dourches allée mettre vaux maillot de plages on va à la plage de saint-pierre-quiberon oui celle de port d'orange on sait vous aimé pas trop cette plage mais la elle et situé le plus près et puis au moin vous pouvez faires tous les châteaux de sable allée on iva STOP maillot de plage GABRIELLA nous attend pas de bêtise et puis vous ne mérité plus de couches maintenant pour dormir la nuit en tous cas je vous félicite les 3 p'tit diables vous n'avez pas faires de comédie depuis 1 mois MAMAN on va a la plage S' IL TE P'LAIS ALLON CI

CHAPITRE 17 EQUIPE FUSION

ALLÉE à table les 9 p'tit diables alor comme sa on se tient à carreaux avec l'équipe PALAUD pas contre aver MALERNE et GABRIELLA la vous faites que des bêtise ont vous a dit pourtant d'utiliser vaux jambes en plus ont doit vous vidangés tous les 3 jours et la semaines prochaines vous s'être avez LK et l'équipe FLEUR ils faudra vous tenir à carreaux. allez on vous laisse finir de manger pas contre attention ce soir vous allez déguster avec les nouvelles couches et oui ici pas de discussion couches obligatoire pas de chance mais on vous prévient 2 d'entre vous dormez avec. ANUBIS et BRAS DE FER

 CHAPITRE 18 EQUIPE LES 4 JUMEAUX MALÉFIQUE

GROUHM

ALOR comment ça va les 9 p'tit diables ou la vous semblés très fatigués en tous cas ce soir vous allez ne vous ennuyez pas .Hugo, Allan, Thomas et Lucas venez voir OUI mère voici les aspirateur vous faites les vidanges et après mangé vous les envoyés au lit tous les 7 vous en choisir cé 2 voilà les préservatif vous s'être leurs grand frère montrer votre autorité j'espère ne pas regretter de vous avoir fait confiance sur ce côté là allez au travaille.OUI mère.LES 7 qui

font au lit couches obligatoires et vous me mérité les glacières remplie de laves noir de coté je commence a étre en réserve d'urgence

 CHAPITRE 19 LES 9 P TIT DIABLES ET LES SUPPOSITOIRES

OU la les 9 p'tit diables venez ici comment ce fait t'il que vous soyez aussie gonflé au niveaux du ventre non ne me dite pas de ne pas m'inquiéter ANUBIS GHROUM Bonsoir WOUHA j'ai compris FUSION ça urge

GROUHM

 A non vous recommencé les 9 p'tit diables cette fois ce sont vaux parent qui prend la relève la ils ya trop de risque pour nous en tous cas ils font s'amuser.IMPOSSIBLE ils sont partie en mission secrète.SANS blagues la dernières fois ça avait été aver les 3 p'tit diables JE M' EN SOUVIEN Fusion on avait bien galéré Allée les 9 p'tit diables à poil pas contre on prend pas mal de sac-poubelles et cette fois on na des masques spécial.LK et aussie en mission spéciale NON

GROUHM

 EQUIPE FUSION j'ai compris qu'il me faudrait les équipes LES 4 JUMEAUX MALEFISQUE LES JUMEAUX BOSSEUX et l'équipe ENCRENOIR en urgence GROUHM GROUHM Mère .

CHAPITRE 20 1 SEMAINES PLUS TARD

ALOR comment font les 9 p'tit diables bon ils ont encore le ventre gonflés rien de graves voilà la boites a suppositoires pour adultes et adolescents l'équipe FUSION sera la en renforts BON je vous laisse ils faut que j'aille m'occuper de l'équipe FLEURS et des 6 DIABLOTIN heureusement qu'ils ont des notion d'autonomie

GHROUM

Anubis je te laisse préparer les pyjama on va s'occuper de leurs inséré les suppositoires vient MARLÈNE oui GABRIELLA

MAMAN MAMAN

HUM HUM

Arrête p'tit diable numéro 4 tu abuse 1 peu la tous les autres ont eu et n'ont pas fait de comédi allée discrétion le lit pour toi et oui tu et punir aller au lit

     MAMAN MAMAN
BONNE NUIT

allée les 8 autres p'tit diables a table allée il va dormir dans moin de 20 minutes et puis les comédie ça suffit vous irais au lit à 23h50 allée À table.

CHAPITRE 21 FESSEE DECULOTTEE

ALLE vien p'tit diable numéro 4 sur mes genou

MAMAN PAF PAF

PAF PAF PAF

AAAA AAAAA

PAF PAF MAMAN

AAAAAA

Allez avance tu part dans chez MUDOUME et SÉBASTIEN LE
RET eu ont le mode d'emplois nous on na pas le monde
d'emplois

 MAMAME MAMAME

OU la il et super blanc

MAMAME MAMAME

GROUHM

 et voilà il et chez SEBASTIEN et MUDOUME LE RET en tous
cas je l'ai trouvé super blanc.Moi pareils maintenant que vous
le dit il a pas réagis quand je lui ai donnée la fessée comme Ici
il était paralisé.Comment sa

paralisé.GABRIELLA pas c'est simple sur le coût de la colère
j'ai pas fait gaffe mais il avait les fesses congelé j'avais
l'impression de tapé sur des glaçons.

CHAPITRE 22 MAMAME

AAA CHUUUUUUT MERDE   MUDOUME OU la

il est congelé   Allée reprend   toi p'tit diable numéro 4

MAMAME MAMAME

RESPIRE RESPIRE

RONN RONN

MUDOUME Pas oui o moin il et dans le coltar allée debout les
3 p'tit diables bon p'tit diable numéro 2 tu vas dormir entre moi
et SÉBASTIEN LE RET il y aura aussi p'tit diable numéro 4 va
dormir à côté de toi les p'tit diables numéro 1 et 3 vous pouvez
dormir dans votre lit

GROUHM

Alors les garçons des cailloux ou des kiss.LES 2 mercie
MUDOUME de l'avoir tranquillisé en tous cas c'est plus facile
pour passer le scanner.

 CHAPITRE 23 retour dans l'équipe PALAUD 2

Allée debout p'tit diable numéro 4 et oui aujourd'hui tu retourne
dans l'équipe PALAUD 2 tien des affaires et ta nouvelle
compagnie et oui t'es grisse peuvent revenir à n'importe qu'elle
moment dont tu garde tes médicalement pas loin comme sa tu
et plus obligé d'être téléporté ici en cas de crise

2 minutes plus tard

ghroum OUF le voilà repartie en tous cas il ne devrait pas revenir avant 1 bon moment oui p'tit diables numéro 1.2 et 3 on ne vous

AYYYYY AYYYYY

et oui les p'tit diables 1 et 3 aujourd'hui c'est vous qui passez pas la casse rapport séxuélles aujourd'hui rassurez-vous ce soir vous allez dormir sur entre nous 2 et p'tit diable numéro 2 passe à la casserols 2 suppositoires pour ado ça va il y a 3 heures d'écart pas suppositoire.

AYYYYY AYYYYY

et nous on dégustés Vous préférez échangés avec les corvée de p'tit diable numéro 2 je ne pense pas que vous aimeriez avoire des relation et des toucher réctal avec l'équipe ENCRENOIR

NON NON

 sur tous pas ils sont pas trés doux mais ils sont super brut sur tous pour les touché réctal
.GHROUM

Parfait   pour 1 fois qu'il et à l'heure en tous cas ce soir il devrait être assez fatigué allée les 2 p'tit diables ouvré vaux bouches

AVALE bien
SLUP SLUP
SLUP SLUP

Voilà allée dans nos bras vous reste cul-nu ou moins on sait que vous n'allez pas tenté de mettre le feu au bureau, aller au taf vous rester assise sur nos genoux.

CHAPITRE 24 EQUIPE SAMOURAÏS

Allor les 3 p'tit diable ça fait quoi d'être la dans notre équipe sur Tous que vous allez avoire enfin vaux cadeaux d'anniversaires et oui on les a cachés 1 peu par tous.SAMOURAÏS tu pourrais être sincère s'il te plaît en règles générale les cadeaux vous les offrez qu' à noël et rarement pour nos anniversaires. A et ces parquets p'tit diable numéro 3 toi qui a toujours réponse à tous a ton avis c'est quoi.IL a raison.SAMOURAÏS avant d'avoir leurs cadeaux ils n'ont pas leurs rapport sexuels, il me semble que. MUDOUME et SEBASTIEN LE RET on précisé qu'ils n'avaient pas de cadeaux sans qu'ils ce farce plaisirs.Ta raison.YVON allo les gars heureusement que j'ai les préservatif pas contre ce soir vous dormez avec vos parent mais avant on doit s'occuper de vaux fessée STOP YVON tu prend p'tit diable numéro 3 SAMOURAYS c'est p'tit diable numéro 1 et moi je prend p'tit diable numéro 2 A c'est ce qu'a écrit sur le papier.MUDOUME écrit toujours aussi mal

CHAPITRE 25 imprévu

HELLO les 3 p'tit diables et oui vaux parents ont encore
changé d'avis maintenant c'est chez nous que vous allez
dormir mais avant l'équipe SAMOURAYANE vous attend pas
oui ils sont besoin de passer du temps avec l'équipe
SAMOURAÏS dont on vient vous récupérer vert 16h30 et en
plus ils vous emmène au source chaud dont vous allez avoire
beaucoup de temps et en plus il fait super beaux.OUI ils font
avoires des rapports séxuelles avec nous 3 on vient de passer
à la casserols dont cette après-midi ont repassé à la casserols
en gro.PAS OUI c'est bien quand les autres équipes nous
garde ont na des relation sexuelles tous la semaine.AU MOIN
ils s'occupent de nous ils ne regardent pas leurs téléphone eux
pas faut p'tit frères mais tu oublie 1 détails on déguste toutes la
semaine en prime.

CHAPITRE 26 EQUIPE FRÈRES DE FUSION

ALLEE les 3 p'tit diables sorte de la dourches allée dans nos
bras non vous resté cul-nu et puis de toute façon ça sert a rien
de vous s'habiller mamie FUSION vous attend et oui elle a
précisé 2 info 1 on ne vous larches pas dont vous resté dans
nos bras toute la journée et vous restez cul-nu en 2 infor dont
maintenant on iva.

 GROUHM WOUHA

bravo les garçons vous avez bien écouté ceux que je vous ai dit en tous cas ils sentent super bon Bon on va dans la piscines et oui ici aussie il ya 1 piscine et ici vous n'aurez pas de relation séxuelles pas oui on et tous les 3 hétéros mais vous cul-nu si vaux parent passe ils ne font pas étre très content de vous voir habillé.TU veux dire.ENRHUMÉ pas oui si on reste cul-nu toutes la journée et qu'on a pas nos rapport séxuelles on n'a donc plus de chance de S'ENRhUME.ET pas non car on a investi dans ces équipement spéciaux je viens à l'aide de mon grand frère ce sont des peignoirs de plage et oui vous pouvez rester cul-nu en dessous et puis si il faut on a les suppositoires pour adultes.

CHAPITRE 27 peignoir de plage

Voila allor les 3 p'tit diables quant pensé vous de ces peignoirs et ce que c'est des bon investissement.OUI ils sont super doux.MERCIE p'tit diable numéro 3 en tous cas vous resté encore 2 semaines vaux parent ont appelés ils parais que vous avez besoin de vacance forcé vous tirez trop sur la corde sensible sur tous au niveaux des relations sexuelles et puis les p'tit diables numéro 1 et 3 vous avez RDV demain et après-demain toutes la journée ça va on garde p'tit diables numéro 2 .En contrepartie vous n'avez pas le choix pour le RDV.

lendemain

ALLÉE les p'tit diables numéro 1 et 3 voilà vaux costumes pas oui ils faut que vous soyez habilité désolé mais ce sont les ordres je vous laisse vous préparer.Dans 4 minutes on est parti.

CHAPITRE 28 ARRIVÉE DEVANT LE MANOIR BLEU

GROUHM TOC TOC

OUI PERE PAPA on vous laisse les p'tit diables numéro 1 et 3 vous avez à faire on revient vous récupère vert 22 h pétanque

GROUHM

Allée p'tit diable numéro 2 toi pas contre on va devoir trouver des solution pas oui à 3 contre 1. PAS sais pas moi vous être 3 à vous occuper de moi d'habitude ils ya pleins de monde sauf quand je suis puni il ya que maman et elle fait super mal.OK d'abord on te lave et ensuite on s'occupe de toi.

NON NON

on le met dans la piscine comme ça on sait ou il et on et 3 contre lui dont aucun problème pour le surveiller

CHAPITRE 29 récuperation de p' tit diable numero 2

GROUHM

HELLO la compagnie allor comment s'est passée ces semaines de vacance p'tit diable numéro 2 en tout cas t'en a 1 beau peignoir.BON les gar (A A A MAMIE FUSION) Bon

anniversaire.Allo les gars ou sont les p'tit diables numéro 1 et
3.Avec leurs gosses ont à parlé à leurs femmes soit elles
tombaient enceintes soit les p'tit diables voys leurs gosses.
ELLES on dit oui dont on avait les droits de visite ont les
récupère tous les soir A 22h pétanque OK comme se fait t'ils
que vous avez réussie nous ont a tout tenté.

CHAPITRE 30   PLAGE DU FOZO

GROUHM Allée p'tit diable numéro 2 profite tu soleis demain
on reprend le taf et pendant que je pense les p'tit diables
numéro 1 et 3 reste avec leurs gosses dont tu reste avec moi
et SÉBASTIEN LE RET

GROUHM

Pas p'tit diable numéro 2 tu et pas encore allée dans l'eau
tient les sucettes reste devant nous.BON alor ont fait comment
maintenant je sais les p'tit diables numéro 1 et 3 sont avec
leurs gosses nous ils nous reste l'équipe ENCRENOIR et
p'tit diable numéro 2 ET l'équipe KART

CHAPITRE 31 RETOUR A LA CLINIQUE JEANNE LE RET

GROUHM

 ALLEZ les gars au taf on na pas mal
de taf heureusement mince j'ai oublié allée p'tit diable

Le numéro 2 vient avec moi,tu bosse au bureau avec moi.